וְהִיא הָיְתָה עוֹד חַמָּה.

יָשָׁר לְתוֹךְ הַלַּיְלָה שֶׁל הַחֶדֶר הַפְּרָטִי שֶׁלּוֹ,
שָׁם מָצָא אֶת אֲרוּחַת־הָעֶרֶב שֶׁלּוֹ מְחַכָּה לוֹ

וְהִפְלִיג עַל פְּנֵי שָׁנָה וְיוֹתֵר
לְאֹרֶךְ שָׁבוּעוֹת וָחֳדָשִׁים
וְדֶרֶךְ יוֹם בָּהִיר

יְצוּרֵי הַפֶּרֶא שָׁאֲגוּ אֶת הַשְּׁאָגוֹת הַנּוֹרָאוֹת שֶׁלָּהֶם וְחָרְקוּ בְּשִׁנַּיִם הַנּוֹרָאוֹת שֶׁלָּהֶם
וְגִלְגְּלוּ אֶת עֵינֵיהֶם הַנּוֹרָאוֹת וְשָׁלְפוּ אֶת צִפָּרְנֵיהֶם הַנּוֹרָאוֹת,
אֲבָל מַקְס עָלָה עַל סִירַת־הַמִּפְרָשׂ הַפְּרָטִית שֶׁלּוֹ וְנִפְנֵף לָהֶם לְשָׁלוֹם

אֲבָל יְצוּרֵי הַפֶּרֶא יִלְלוּ: ״אוֹי, בְּבַקָּשָׁה, אַל תֵּלֵךְ —
מִתְחַשֵּׁק לָנוּ לֶאֱכֹל אוֹתְךָ — כָּל־כָּךְ אֲנַחְנוּ אוֹהֲבִים אוֹתְךָ!״
וּמַקְס אָמַר: ״לֹא!״

פִּתְאֹם הִגִּיעוּ אֵלָיו מִמֶּרְחַקִּים, אוּלַי מִסּוֹף הָעוֹלָם,
רֵיחוֹת נִפְלָאִים שֶׁל מַאֲכָלִים טְעִימִים,
וְאָז הֶחְלִיט שֶׁדַּי, הוּא לֹא רוֹצֶה יוֹתֵר לִהְיוֹת מֶלֶךְ בְּאֶרֶץ יְצוּרֵי הַפֶּרֶא.

"עַכְשָׁו מַסְפִּיק!" אָמַר מַקְס וְשָׁלַח אֶת כָּל יְצוּרֵי הַפֶּרֶא לִישׁוֹן
בְּלִי אֲרוּחַת־עֶרֶב. וּמַקְס מֶלֶךְ יְצוּרֵי הַפֶּרֶא נִשְׁאַר בּוֹדֵד וְגַלְמוּד
וְרָצָה נוֹרָא לִהְיוֹת בְּמָקוֹם שֶׁבּוֹ יֵשׁ מִישֶׁהוּ שֶׁאוֹהֵב אוֹתוֹ יוֹתֵר מִכֹּל.

‏"וְעַכְשָׁו," קָרָא מַקְס, "כֻּלָם מַתְחִילִים לְהִשְׁתּוֹלֵל!"

וְהִכְתִּירוּ אוֹתוֹ לְמֶלֶךְ יְצוּרֵי הַפֶּרֶא.

הוּא הִבִּיט יָשָׁר לְתוֹךְ הָעֵינַיִם הַצְהֻבּוֹת שֶׁלָּהֶם בְּלִי לְמַצְמֵץ אֲפִלּוּ פַּעַם אַחַת
וְהֵם נִבְהֲלוּ נוֹרָא וְקָרְאוּ לוֹ יְצוּר־הַפֶּרֶא הֲכִי הֲכִי פְּרָאִי

עַד שֶׁמַּקְס קָרָא "שֶׁקֶט!"
וְהִכְנִיעַ אוֹתָם בְּטַכְסִיס־קְסָמִים:

וְגִלְגְּלוּ אֶת עֵינֵיהֶם הַנּוֹרָאוֹת וְשָׁלְפוּ אֶת צִפָּרְנֵיהֶם הַנּוֹרָאוֹת

וּכְשֶׁבָּא אֶל אֶרֶץ יְצוּרֵי הַפֶּרֶא
הֵם שָׁאֲגוּ אֶת הַשְּׁאָגוֹת הַנּוֹרָאוֹת שֶׁלָּהֶם וְחָרְקוּ בַּשִּׁנַּיִם הַנּוֹרָאוֹת שֶׁלָּהֶם

אֶל תּוֹךְ שָׁבוּעוֹת וָחֳדָשִׁים
וְעַל פְּנֵי שָׁנָה וְיוֹתֵר
אֶל אֶרֶץ יְצוּרֵי הַפֶּרֶא.

MAX

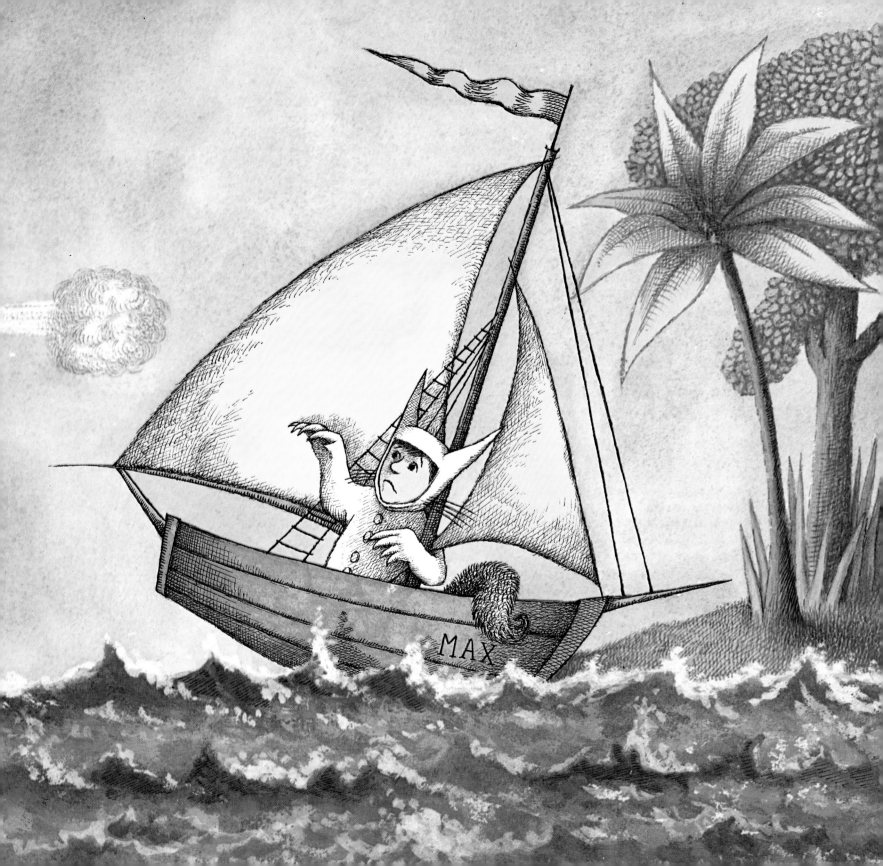

וְיָם גָּדוֹל הִתְגַּלְגֵּל וּבָא עִם סִירַת־מִפְרָשׂ פְּרָטִית בִּשְׁבִיל מַקְס
וְהוּא הִפְלִיג בָּהּ לַמֶּרְחַקִּים וְשָׁט דֶּרֶךְ לַיְלָה וָיוֹם

MAX

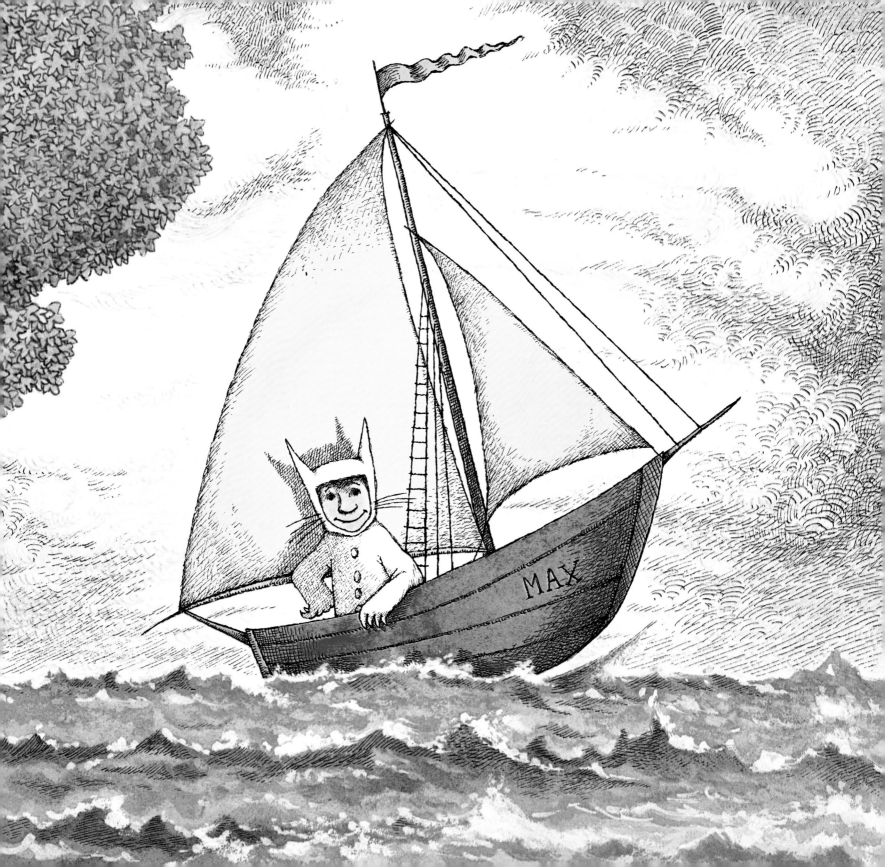

וְגָדַל —
עַד שֶׁהַתִּקְרָה נֶעֶלְמָה מֵאֲחוֹרֵי שִׂיחִים מְטַפְּסִים
וְכָל הַקִּירוֹת מִסָּבִיב הָיוּ לָעוֹלָם הַגָּדוֹל שֶׁבַּחוּץ.

וְהוּא גָּדַל —

אֶרֶץ יְצוּרֵי הַפֶּרֶא

WHERE THE WILD THINGS ARE
Maurice Sendak

© כל הזכויות שמורות
לבית הוצאה כתר, ירושלים בע"מ

ת"ד 7145, ירושלים

מספר קטלוגי: 526494
ISBN: 978-965-07-1793-3 :מסת"ב

סידור, הדפסה וכריכה: מפעלי דפוס כתר, ירושלים
Printed in Israel